AF547039

Der Zirkus

Isabelle de Ridder

Zeichnungen: Juliette de Wit

Ars Scribendi Verlag

Übersetzung und Lektorat
Simone Mann, BVK Buch Verlag Kempen GmbH

Autor
Isabelle de Ridder, Zoetermeer

Design
Astrid van der Neut, Rotterdam

DTP Deutsche Ausgabe
Freek Kuijstermans

Bilderfassung
Lineair Beeldresearch, Arnhem

Bilder
Marc Driessen / Hollandse Hoogte, Amsterdam: Abdeckung
Reyer Boxem / Hollandse Hoogte, Den Haag: 6
Picture Alliance / Lineair, Arnhem: 8
Ron Giling / Lineair, Arnhem:10,18
Ries van Wendel de Joode/Hollandse Hoogte, Den Haag: 12
Marc de Haa / Hollandse Hoogte, Den Haag: 14
Jacqueline de Haas / Hollandse Hoogte, Den Haag: 16
Herman Engbers / Hollandse Hoogte, Den Haag: 20
Ton Koene / Lineair, Arnhem: 22

Zeichnungen
Juliette de Wit, Amsterdam

0 / 16

Kontaktieren Sie **lektorat@coronalesen**.de oder besuchen Sie: **www.arsscribendi.com/de**.
Fragen zu den Veröffentlichungen von Ars Scribendi richten Sie bitte an den Herausgeber.
Der Herausgeber übernimmt keine Verantwortung für Fehler oder Missverständnisse.

ISBN 978-94-6341-434-0

Mehr Informationen über unser Programm finden Sie auf **www.arsscribendi.com/de**.
Bestellen können Sie über unsere Webseite oder über den (Online-)Buchhandel.

Dieses Logo bietet Erstlesern, leseschwachen Kindern, Lehrern und Lehrerinnen online eine zusätzliche Hilfe zu diesem Buch.

Verwenden Sie dafür den Code auf **www.coronalesen.de**

14340

Wovon handelt das Buch?

Schau mal!

Zirkus
Zirkus

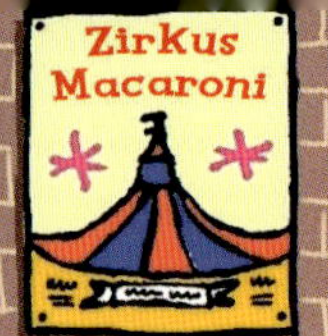

Kommt und schaut!

Schau, wie sie die Reifen dreht.
Das geht sehr schnell.
Wie schön es ist,
das anzuschauen.

Auf einem Feld steht ein riesiges Zelt.
Das Zelt ist von einem Zirkus.
Unter dem Zirkuszelt treten Menschen und Tiere auf.
Das nennt man eine Vorstellung.
Das Zelt steht da aber nur ein paar Tage.
Dann reist der Zirkus weiter zu einem anderen Platz.

Wenn der Zirkus bei dir in der Gegend ist,
merkst du das meistens.
Überall hängen Plakate von dem Zirkus.
Manchmal sieht man ein Auto durch die Straßen fahren.
Das hat einen großen Lautsprecher auf dem Dach.
„Der Zirkus ist in der Stadt! Kommt und schaut!“

Das Zelt

Die Männer bauen das Zelt auf.

Das ist schwere Arbeit.

Sie müssen stark

an den Seilen ziehen.

Man kann ein Zelt aufbauen und wieder abbauen.
Das passiert auch mit einem Zirkuszelt.
Das Zirkuszelt stellt sich nicht von alleine auf.
Das ist viel Arbeit und sehr schwer.
Man braucht bestimmt 10 starke Menschen dafür.

In die Mitte des Zeltes kommt die Manege.
Das ist eine runde Fläche, in der die Vorstellung stattfindet.
Um die Manege herum stehen viele Reihen mit Stühlen und Bänken.
Da sitzen die Menschen, die sich die Vorstellung anschauen.
Man nennt sie Publikum.
Da die Manege rund ist, kann das Publikum
die Vorstellung überall gut sehen.

Zum Zirkus

Papa kauft Eintrittskarten.
Mit den Karten
dürfen wir ins Zelt hinein.

Wenn du in den Zirkus gehst,
kaufst du eine Karte an der Kasse.
Nah an der Manege siehst du die Vorstellung am besten.
Deshalb sind die Plätze dort teurer
als die Plätze in den hinteren Reihen.

Zuerst kannst du dir die Tiere draußen anschauen.
Danach suchst du dir einen Platz im Zelt.
Wenn die Vorstellung beginnt, gehen die Lichter aus.
Nur die Manege wird mit ganz viel Licht angestrahlt,
damit du alles gut sehen kannst.

Der Clown

Das sind Jolle und Polle.
Sie gehen gleich in das Zelt hinein.
Dort machen sie Musik
und Späße.

Der Clown schminkt sein Gesicht.

„Hoch verehrtes Publikum,
willkommen im Zirkus Macaroni!"
Der Zirkusdirektor beginnt.
Er erzählt, was es in diesem Zirkus
alles zu sehen gibt.
Er kündigt auch die Artisten an.
Das sind die Menschen,
die im Zirkus auftreten.

Einer der Artisten ist ein Clown.
Über einen Clown kannst du lachen.
Er ist ungeschickt und macht viele Späße.
Er hat bunte Kleidung an
und schminkt sein Gesicht.
Manchmal macht er Musik oder zeigt Kunststücke.

Die Akrobaten

Schau in die Luft.
Hoch oben unter dem Zeltdach
zeigen sie ihre Kunststücke
am Trapez.

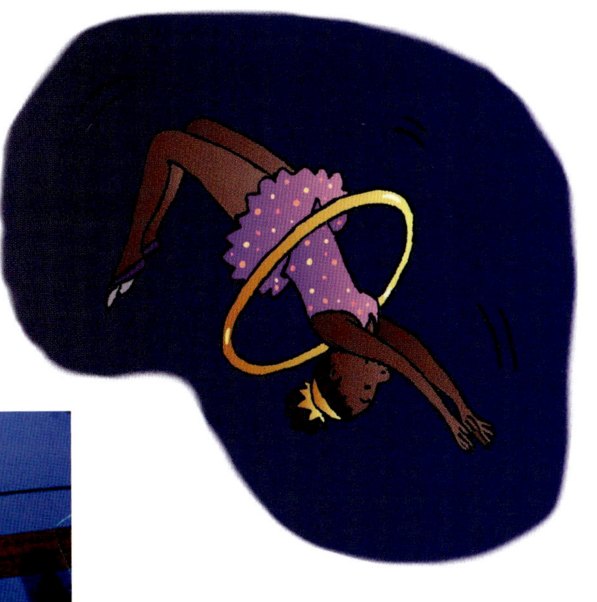

In einem Zirkus siehst du auch Akrobaten.
Sie zeigen schwierige Kunststücke mit ihrem Körper.
Akrobaten sind sehr biegsam und stark,
sie springen und machen einen Salto.
Das ist eine Rolle in der Luft.
Oder sie stehen auf den Schultern eines anderen.
Es gibt auch Akrobaten am Trapez.
Das ist eine Holzstange an Seilen,
hoch unter dem Dach des Zelts.
Unter dem Trapez hängt ein Fangnetz.
Wenn ein Akrobat fällt, fängt ihn das Netz auf.
Einige der Kunststücke sind sehr schwierig.
Deshalb üben die Akrobaten jeden Tag.

Tiere im Zirkus

Hält der Dompteur
die Peitsche hoch in der Luft,
heben die Pferde ihre Vorderbeine.

Die Tiere im Zirkus zeigen Kunststücke.
Die haben sie gelernt.
Tieren Kunststücke beizubringen,
nennt man Dressur.
Wenn die Tiere ihre Kunststücke gut können,
bekommen sie eine Belohnung.
Im Zirkus treten oft Pferde auf.
Manchmal sieht man auch Hunde oder Tauben.
Ganz selten gibt es auch wilde Tiere im Zirkus, wie Löwen.
Das ist aber in manchen Ländern verboten.

Die Tiere werden gut versorgt.
Sie leben in großen Käfigen und Ställen.
Ein Tierarzt schaut nach, ob sie gesund sind.

Arbeiten und wohnen

Hier wohnt Milko.

Sein Haus steht auf Rädern.

So kann er sein Haus
von Ort zu Ort fahren.

Im Zirkus arbeiten viele Menschen:
Artisten, Tierpfleger
und Menschen, die das Zelt aufbauen.
Es gibt einen Zirkusdirektor
und jemanden für die Kasse.
Jeder hat seine eigene Aufgabe.

All diese Menschen wohnen auch im Zirkus.
Sie leben in großen Wohnwagen
und reisen mit dem Zirkus umher.
Manchmal sind darunter Familien.
Denn wenn die Eltern im Zirkus arbeiten,
werden ihre Kinder das meist auch tun.

Kinder im Zirkus

Das ist die Schule von Tom.
Die Schule ist in einem Bus.
Die Schule reist
mit dem Zirkus mit.

Es reisen auch Kinder im Zirkus mit,
weil ihre Eltern dort arbeiten.
Oft helfen die Kinder bei kleineren Arbeiten.
Sie hängen Plakate auf und versorgen die Tiere.

Die Kinder müssen auch zur Schule.
Sie haben in einem Bus Unterricht.
Weil der Bus fahren kann,
ist das eine Schule auf Rädern.
Die Schule reist mit dem Zirkus mit.
Es ist eine kleine Schule.
Es gibt einen Raum für alle Kinder.

Der Kinderzirkus

Li-Ming läuft über ein Seil.

Die Lehrerin hilft ihr.

Jede Woche bekommt Li-Ming Unterricht.

Du kannst vielleicht Volleyball spielen,
schwimmen oder Ballett tanzen.
Aber du kannst auch zu einem Kinderzirkus gehen.
In einer Sporthalle in deiner Stadt
lernst du, wie man Einrad fährt.
Oder du übst Kunststücke mit Bällen.
Das nennt man jonglieren.
Du kannst auch lernen, über ein Seil zu laufen.
Oft übst du für eine richtige Vorstellung.
Deine Familie kommt dann und schaut sie sich an.

Findest du das schön?
Dann arbeitest du vielleicht später in einem echten Zirkus.
Das klappt nur, wenn du sehr gut bist und ...
du gern umherreist.

Wichtige Wörter

die Manege
Dort treten die Menschen und Tiere auf.

das Publikum
Das sind die Menschen, die sich die Vorstellung anschauen.

der Clown
Der Clown macht Späße mit dem Publikum.

die Akrobaten
Die Akrobaten üben den ganzen Tag ihre Kunststücke.

das Trapez
Das Trapez hängt unter dem Zeltdach.

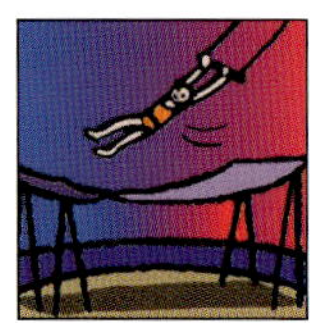

das Fangnetz
Das Fangnetz hängt unter dem Trapez.

die Dressur
Bei der Dressur lernen Tiere Kunststücke.

jonglieren
Li-Ming jongliert mit fünf Bällen.

Bücher in dieser Reihe:

978-94-6341-431-9

978-94-6341-432-6

978-94-6341-433-3

978-94-6341-434-0

978-94-6341-440-1